U0063340

聯合文叢
494

少女維特

◉楊佳嫻／著

目次

我將代替你流血

【推薦序】

焚詩以自保

奚密

一九九〇年代以來的現代詩標誌著一個文學史的新階段。在多重交錯的歷史語境下，新世代詩人展現出具有特色的美學。從政治角度觀之，臺灣一九八七年以後進入解嚴時代，二〇〇〇年經歷了第一次政黨輪替。隨著全面的民主化，我們看到的是一個自由開放，眾聲喧嘩的局面。經濟層面上，經過了七、八〇年代的「臺灣奇蹟」，社會呈現普遍的繁榮與富庶。一九七〇年國民年度所得低於三百美元，到了二〇〇〇年已超過一萬美元。類似歐美日本等發展國家，臺灣人口大量集中於都會，面對擁擠、污染，快節奏、高壓力等工業化社會的共同問題。至於文化方面，八〇年代初以來，對本土歷史的梳理和反思，對「大敘述」的質疑和挑戰，對臺灣主體性的論述和爭議，風起雲湧，此起彼落。與此同時，一波接一波的國際思潮——從解構主義、性別論述，環保運動，到新歷史主義、少數族群論述、後殖民理論等等——和本土語境相結合，激發新的活力，建構新的知識體系。最後值得一提的是，如同世界上大多數國家，臺灣也見證了「資訊時代」和「傳媒時代」的到臨。鋪天蓋地的大眾傳媒和日新月異的電腦科技，對社會各層面都造成巨大的影響。

總而言之，臺灣的新世代詩人成長在一個遠比過去自由開放，富庶繁榮，高度全球化，媒體化，科技化的環境裡。他們比前幾個世代得以更快地掌握國際潮流的訊息，即便可能是泛泛的表面認知。在此歷史語境下，不斷發展的現代詩的生態也明顯地在改變中。誠然，今天的詩壇非常多元，很難說何爲主流，誰是前衛。根據個人觀察，我列舉下面五個衝擊臺灣詩壇的因素。

第一·隨著報禁的解除，臺灣的出版業曾經歷爆發式的蓬勃。平面媒體在短期內迅速地擴張，不管是報紙的大幅增版還是大陸當代文學的引介。但是，激烈的競爭和視覺文化的強勢使得文學出版環境不斷地惡化。近年來不僅是文學，出版業總體都面臨著前所未有的挑戰。除了極少數的常青樹，詩集的銷路萎縮，詩的小眾化和邊緣化日趨明顯。但是，另一方面，在所謂M型的出版市場裡，小眾的詩仍然持續出版，在人文取向的袖珍型書店裡仍然可以找到，例如臺大附近的唐山或淡水的有河book。詩人和詩讀者的執著見證詩作爲一種文類，仍然有其恒久的意義。

第二·雖然少數的詩刊仍然維持長期出版的紀錄，但是就詩壇生態來說，詩社和詩刊的影響力大幅度下滑。五、六〇年代的超現實風潮，七、八〇年代的鄉土詩和政治詩，都是詩社詩刊有意識的提倡的結果。

相對來說，對今天的新世代詩人來說，創作似乎更是一種個人行爲。個別詩人之間或許有不同程度的互動，但是私人情誼和詩的創作未必有直接的關係。近年出現的詩刊不是沒有，例如《現在詩》和《衛生紙》，但是它們都不是以詩社爲據點的出版品，更遑論共同的風格或立場。相對於大陸，臺灣的詩壇已多年相安無事，沒有論戰，因爲已無此必要。相對於對岸，臺灣的詩人早已接受了詩在當代社會的邊緣地位，因此已無此焦慮。

第三．從戰亂紛紛的民國時期到政治鬥爭不斷的毛澤東時期，大多數的詩人都無法依照自己的意願繼續創作。不管是被迫還是自保，停筆是他們普遍的遭遇。相對於中國大陸，戰後臺灣的詩壇在長期和平穩定的狀況下發展，未曾中斷過。這個簡單的事實其實大有意義。從一九二一年出生的周夢蝶到一九八一年出生的曾琮琇，臺灣詩壇享有「五代同堂」的歷史優勢。從閱讀新世代詩人和參加詩歌相關活動等經驗裡，我得到的印象是，年輕詩人對前輩詩人非常尊敬，對個別心儀的前輩作品更是瞭若指掌。其優點是經過了數代的薪盡火傳，臺灣已建立了一個優秀獨特的現代詩傳統。其缺點則是，年輕詩人有時候過於受限於前人的模式，模仿的痕跡比較明顯。

第四·相對於五、六〇年代，詩人對通俗文化的態度也有了很大的轉變。經過了七、八〇年代的校園民歌運動和鄉土文學運動的洗禮，「大眾」早已不再是一個貶義詞。詩的平易化和生活化不但表現在副刊提倡的各種短詩欄目裡，也可見諸於詩和表演藝術、書畫、攝影、漫畫等多元形式結合的努力上。置身於傳媒時代，詩和大眾文化趨向合流而非對立。二〇〇三年出版的《壹詩歌》創刊號以詼諧、諷喻、戲擬等方式，將詩和消費，精英文化和通俗文化，歷史大敘述和私密語言並列，是一個相當突出的例子。

第五·網路的日益壯大，無可置疑，它逐漸改變了詩的創作、閱讀、和傳播。在這個跨越一切疆界、開放民主的空間裡，且不論電腦技術層面的新玩法，僅就風格來說，詩傾向於日記化、口語化、隨意化，甚至瑣碎化和速食化。很多作品或記錄個人的片刻經驗感受，或表現嘉年華會式的活力釋放（包括千奇百怪的筆名）。作者可能更願意自我定位為「寫手」、「寫詩的人」，而未必是「詩人」。寫詩是日常生活的一部分，但未必是最重要的一部分。固然，對很多詩人來說，網路寫作只是他們發表的一個管道，更重視的還是傳統平面媒體。但是對一些年輕人來說，網路寫作本身即是目的。他們並不在乎是否在平面媒體上發表，因為後者限制大，包括篇幅和人際關係的限制。

以上對新世代詩人所處的多重歷史語境作了一個簡短的概括。在此語境裡來閱讀楊佳嫻，她和同代人的雷同或差異頗能凸顯出來。如同大多數的新世代詩人，在她的作品裡我們可以看到前輩詩人的影響。其中楊牧的痕跡比較明顯，例如他的句型、語感、及說話者「你」和「我」

的互換。此外，也有一些周夢蝶、楊澤、羅智成……。瘂弦的影響似乎僅止於「X們」的用法；詩集裡多次出現花們、霧們、潮蟹們、樹葉們、靈魂們……等片語。這些前輩詩人在臺灣詩壇的普遍影響並不令人意外。比較有趣的是，詩集裡幾乎看不到「夏宇風」的作品。太多的新世代詩人，尤其是女詩人，致力於模仿夏宇的語氣、意識流語言、都會感性等。詩集裡有少量的欲望書寫，但是後現代的印記不深。除了楊佳嫻的中文系古典素養外，她的美學取向決定了她走一條不同的路。

作爲新世代的代表詩人之一，楊佳嫻活躍於網路世界，擁有一個頗有人脈的部落格（大陸翻譯爲「博客」）。但是在她的詩裡我們看到的是一種「純粹」，而不是網路詩的隨意性和速食化。基本上，楊佳嫻的詩是一個抒情世界，一個相當純粹的抒情世界，戲劇和敘述的份量都比較輕。她的抒情具有高度的內在張力，此張力來自她對世界和詩的態度。從她的意象著手，詩中常見的動詞諸如：找尋、搜尋（〈一座擱淺的電臺〉）、追尋（〈細雪〉）、穿越（〈雨中長巷〉、〈當我們艱難地穿越冬季〉）、追蹤（〈深僻之處〉）、跋涉與忍耐（〈寒陸一日〉）等，以及與此呼應的旅程、航行（〈放逐者〉）、路徑（〈蜜比血甜〉）、沿途（〈愛〉）等意象，它們呈現的是過程，其意義是雙重的：那既是生命也是詩的過程。詩人以「徘徊追蹤的意志」，追求超越，尋找意義。

早慧的詩人感慨生命是「機械時光」（〈一座擱淺的電臺〉），是不斷的重複（「再次我們漫步於／時間和歌聲拉鋸的迴廊」〈花園〉）。這「微鏽的人間」（〈秋興〉）充滿了缺憾、無常、虛空。有的時候詩人應之以悲觀和憤世嫉俗：

凡是美景便應該消逝

〈放逐者〉

啊愛的亡靈命運的亡靈
宇宙防空壕裡
推擠著，訕笑著

〈異端〉

刺破、跌墜、消逝、解散、飛散一類的負面動詞重複出現在詩集裏。但是更多的時候她決定以詩來抗衡機械的時間：「我繁衍了無數意象／抵擋時光的定格」（〈饗宴〉），以虛構來抗衡現實：詩「比現實更接近眞理」（〈大街〉），而「眞實總是以污點的樣貌出現」（〈我們從這裡失蹤〉）。因此，她的詩追求的不是狹義的詩意或優美，而往往透過矛盾修辭和對立並列的手法來凸顯生命的張力和複雜度。例如，生命花園中的花朵有「爛熟且等待被欲望的體質」，「大雨以穀粒的姿態淹沒饑餓的農人」（〈雷聲的午後〉），「在吞噬一切的本能裡／幻想著被吞噬」

（〈愛〉），「迷戀和放棄」（〈沉默但仍然充滿聲響〉），「孤獨的鬧市」（〈無題〉），「緘默與噪音」（〈持續擴張〉），「眾神與眾獸」（〈雨中長巷〉），「自我與背對著的那個自我」（〈秋日寄往邊境的信〉），「那張被吞噬可是快樂的臉」（〈愛〉），以及〈秋興〉中以血／黃顏色的並列改寫了古典傳統（杜甫）：「異地我們各自憑窗／看月亮又被時間射殺／其血玄黃」。

抗衡現實，捕捉眞實的詩來自超時空的靈魂。靈魂的意象不斷出現在詩集裡，還包括「一千兩百歲的魂魄」（〈雨中長巷〉）、「魂魄」（〈我們從這裡失蹤〉）、「鬼魂」（〈秋日寄往邊境的信〉）等。詩竟可用來「鎮魂」：

有時候也聽見諸神翻身微響
當我們終於試著遺忘，啊攤開

如一張虛無的紙
擦過如炭的宇宙

〈鎮魂詩〉

對詩的寄託，在早期的〈夢〉裡即見端倪：

我的夢還很瘦，哦是的
甚至可以穿越過現實的牆壁
穿越過那些灰色的雨滴而不被淋濕……

「夢」在楊佳嫻的作品裡具有正面的意涵，和星星、太陽、天使、天國、獨角馬、女神、諸神、金（金色蔓藤、黃金、金箔）等共同構成一個意象群。它暗示詩作為一種形而上的追求：「世界被反鎖／我們總是從縫隙裡／偷渡形上的光」（〈在卮言的腹地裡〉）。詩人和神祇相交通，因爲他們本是同一族類：「神祇跌落，變成詩人」（〈逆雨〉）；「也許曾經是天使／在冬季裡把翅膀燒了取暖」（〈雨中長巷〉）。在這個無神的人間，詩人是巫咸，以「不願瀆職的手指」（〈沉默但仍然充滿聲響〉）書寫「招魂符咒」——那只有「幻境來的人可以破解的暗語」。〈細雪〉第二節寫老電影看板上的明星，從而聯想到女神：

整理好斷翅
與棘冠
如神殿簷下的雕像
一心一意蔑視著
從這世界不斷被抽換的
人群的布景

斷翅的女神將荊棘傳遞給詩人，「像一名不滿，且窮途的青年」：

從此我將代替妳流血
代替妳，在這荒蕪啊時間的
大拱廊內，遠望如看板上的女人
蔑視這已經
沒有妳的世界

上面的若干例句也勾勒出楊佳嫻作品中相當明晰的詩人形象。她是現代版的謫仙，手上握著一張「不完整的天圖」（〈逆雨〉），流落在人間的她「通靈，隱身和解夢」（〈蜜比血甜〉）。她是放逐者，「曾經投身荊棘」（〈我們從這裡失蹤〉）。〈在一個晴朗的週末〉的結尾兩節這樣形容自己：

你幻想自己可以是純白中
浮出來的一個灰點
你幻想樹葉們沙沙
風中輾轉是受苦的心
沿蛛絲往上爬
把靈魂寄託給一朵花
啊不能重來盼望重來的
如無數鴉翅驟然破胸竄出

你凝視著那個傷口
你變成那個傷口

彷彿齊瓦哥醫生「回到／冰雪的豪邸／逡巡舊日產業／仰視柱頭天

使最後的黃金」《放逐者》，詩人在絕境中重拾希望，在孤獨中提煉力量。詩人的孤獨形象和塵世的喧囂腐朽互爲表裡。現代都市是人世具體而微的象徵，一座「疲憊的城市」《大街》，「困居的城市」《可疑之處》。它好比一條「疲憊的魚」〈大街〉，「疲憊如斯」《雷聲的午後》，並且萎頓、乾涸、腐爛、死亡……。穿梭在「變形浮動的城市」裡，倖存的詩人「戴著面具、背著氧氣筒、牽著／一隻僞裝成寵物的詩集」《蜜比血甜》。

詩必須僞裝成寵物，因爲那是現實世界唯一還能接受詩，容納詩的方式吧！這隱含了詩人對詩庸俗化膚淺化趨勢的批判。在「孤獨的鬧市」《無題》裡，詩人只能「洋溢著美學與直覺的口水我們相濡／以詩」《沉默但仍然充滿聲響》。楊佳嫻作品最堅實的美學支柱，或許可以廣義的現代主義來形容，它融合了西方象徵主義和高峰現代主義〈High Modernism〉的精神。前者包括詩作爲密碼、讖語，詩人作爲獨通天機卻被世人誤解的的主祭，以及世紀末的憂鬱和死亡的陰影。後者則呈現在對詩語言的鑄煉，對現代人疏離的再現，以及視詩爲個人救贖的信念。在這本詩集裡，我們傾聽一個「老靈魂」如何在詩中宣示：「我的瘋狂擁有絕對的居所」（〈大街〉）。她寫青春，寫美，寫愛情，卻不帶濫情和傷感。青春「留下雪地裡長長兩條半汙的痕跡」（〈寒陸一日〉）。愛情總是「容易蒂落」（〈逆雨〉），而且誤導阻礙了詩的前進：

愛以美的姿態降臨
我們發楞，震懾，忘記馳騁的本能
讓厚厚的詩稿散落
旋即被嚴冬暴雪掩蓋了

〈當我們艱難地穿越冬季〉

因此，「我決定擴大孤獨的存在」〈〈大街〉〉，純熟地駕駛著「龐大的憂鬱艦隊航行於海」，「高速往末日前進」〈〈雷聲的午後〉〉、〈〈沉默但仍然充滿聲響〉〉。詩是提煉生命的艱難過程，也是終極目標。詩人是一位堅定的「鑄劍者」：

作爲祕密的超現實鑄劍者
我們的鮮血，只奉獻給一個過程
複雜，粗獷，僅僅迎著光
就有無數幻象的招式
凝結於眾神與眾獸之眼

〈雨中長巷〉

在楊佳嫻的作品裡我們看到詩不滅的光環，看到對詩的一份決絕，一份堅持：

在焚詩自保的民主時代裡
固執地犯法
書寫，遊行，穿越荊棘林
去拜訪消逝的太陽

〈蜜比血甜〉

一位新世代詩人自覺地「在路上」苦旅。詩集收入一九九八—二〇〇九年間寫的四十六首詩，近期作品更上層樓，不再有意象堆砌的瑕疵而能適當的留白。更重要的是，一位新世代詩人勤奮建立了一套具有相當深度和堅實質地的美學，一貫呈現了她對生命、時間，對自我、世界的閱讀，思考，書寫。楊佳嫻的詩有落寞，有激越；有內斂，有狂放；有批判，有理想。在這喧囂浮躁的時代，詩的神閒氣定彷彿在這首詩的結尾數行裡找到一則貼切的寓言。

霧臺今年好清晰
但這也是無妨的
沒有人詢問霧的行蹤
沒有人丈量山與雲的距離
沒能趕上冬天，我們擦著汗
望著枯涸的瀑布發楞
黃黑色水泥護欄上

一尾蜥蜴平目，靜止，
帶著索然的神氣

〈越臺八八線訪霧臺〉

【自序】

舊址

楊佳嫻

距離我在網路上發表第一首詩〈夢〉，已經過了十二年了。

那時候我大三，而現在即將博士畢業。那時候我一天可以信手毫無修改地一天寫兩首詩（是的在bbs上按下ctrl＋p，就在那黑色的螢幕紙上開始寫，寫完後ctrl＋x，作品就張貼出去了），現在我一年才發表五首詩（反覆推敲，爲了一個字兩個字改上一週，總是平面媒體刊出後才轉貼到網路上）。

十二年是一個如夢似幻的數字。在那些水晶碎散每一個時間切片中，水流永遠是自己推擠著自己，排拒著自己，才可能得到前進。多年前的詩作，難道可以變成地圖，讓我找到失落的舊址嗎？或者，只是像René Magritte 那張畫作，La Reproduction Interdite——男人面對著鏡子看見的是自己的，黝黑的背面……。

近十二年也是一個變化翻覆的時代。從世紀末到世紀初，政治變天過，我們意志高昂過然後失望過，手機像衣服，沒穿就無法上街，溝通科技一日千里。從 bbs，轉到明日報新聞臺，然後是部落格浪潮，再轉爲臉書、噗浪，我幾次改換寫作與活動的媒介，更不提 msn 上即時對話中忽然出現詩意與笑話——「與時俱進」——參與了虛擬大宇宙的自我舞臺與社交氣氛。關掉視窗，下了線，眞眞在那裡推敲著一兩行詩句時，又是孤獨的了。孤獨日益罕見（或貶値），我還寫著詩，在有詩的當下保存著神祕的美景，星河那樣開展在太空艙外。時間爲我靜止，銅幣匡啷翻面，靈魂的答案緊緊握在掌心。

學詩過程中，一再肯定的是寫作的獨特性與邊緣性。學會不輕視讀者。尊敬每一個字的聲色，每一個標點的呼吸。在白話與文言的交揉中試煉彈性，創造性地寫實，在壓縮與跳躍之間，讓留白成爲詩的一部份。現代詩的語言基礎本身可能是散文的，可是詩和散文各有章法。我不寫句子連起來就眞成爲散文的，過份鬆散、摻水的詩。不寫意義正確而美學空洞的詩。也不寫說謊的詩。眞誠乃文學第一要義。

第三本詩集《少女維特》，是少女之我與現下之我的對壘。最早將收到我一九九八年第一首在bbs發表的詩作。讀者在第二輯與第三輯之在必能感受到巨大落差，因爲創作年代至少相差六年。現在回頭看看當時魯莽的文字，竟然頗有陌生的刺戟感。選擇文學作爲青春甚至是終身功課者，必然以爲自己與既成世界之間存在著某種裂痕。從前我急於揭露這裂痕，作品中遂有盲目的力。十二年前寫「不懂那些露出腥臊微笑的經血／以爲長大必定會使自己腐朽」，而現在終於成爲自己預言中的腐朽的大人了。十二年前我有難以駕馭的純眞的狂氣，如今則是爲「啊愛的亡靈命運的亡靈／宇宙防空壕裡／推擠著，訕笑著……」而悚然。
但是詩永遠維特，爲了愛，永遠維持著一種感傷的堅硬，可能是甲冑，
可能是結石，可能是脊椎，可能是神祕的犄角。即使我曾是太過靠近太
陽的伊卡魯斯，憑藉著詩，融化後我也落海爲龍女。

少女維特

夢境裡外
的交通

夢

我的夢還很年幼
它還在學怎麼坐公車
不懂那些露出腥臊微笑的經血
以為長大必定會使自己腐朽

我的夢還不會躲避
任月光如針扎進薄脆的腦幹
彷彿某種魔邪啊
遂於夜裡在紙上瘋癲地舞踊

留下那些難辨的蝸篆

它常常審視自己血筋暴浮的手腳
皮膚底下的藍色的荒原
無聲地微笑著　收集所有的囈語
飽含憤怒與高潮的水分
我的夢　往往在荒原高處解剖我……

我的夢還很瘦，哦是的
甚至可以穿越過現實的牆壁
穿越過那些灰色的雨滴而不被淋濕……

1998.5.22

透明

這樣的舞臺其實禁不起我過於激情的舞蹈。

抓不住的，我向上飛起的頭髮，和
向下墜落的足尖
在那一刻，雪色升到頂端，飽滿之下原來只是
無數擠壓過的語絮
「所以妳崩落而無人撿拾。」
「雪色塗滿我破碎的臉，還有飄落的昨日的昨日的昨日……」

戳透言語在胃裡編織的飽漲感
像一隻氣球，墜於虛無的暝暗
我聽見午後陽光逐漸僵硬，而且褪色

這樣的透明不是很好嗎？
全部都融化，冰淇淋一樣沾滿模糊的風景
「不要貪食那些黏稠的寂寞。」
「不，文字只是你的條碼，我讀取不出你藏匿在背後的靈魂。」
因為透明，可以看見在臆測的遊戲之外
我和答案的距離有多遠……

然而已成過去的舞蹈，還有汗水在這一刻淋漓。
透明不是很好嗎？

我聽見那些紛雜的音階，夢的潮汐，
我聽見你，僵硬，褪色。

1998.6.27

一座擱淺的電臺

隔著手機，我們扭開聲音
試圖找尋確切的位置
總是無法從拍浪而來的雜訊中
過濾出彼此遞換的
嘆息和刪節號

彷佛真在道路的死角
黃昏裡跟著整個城市一起塞車

百無聊賴地搜尋一個不聒噪的頻道
卻永遠只能接收
重複發行的感傷

也許我們曾經擁有一座神祕的電臺
二十四小時播放聽爛了的情歌
千百年如一的尋人啟示
叩應電話沒人接聽
然後，你會剛剛睡醒了似地
突然發出曖昧聲音：
「插播一則北極來的消息……」

那片刻裡，恍惚的我

突然聚精會神地等待一個
難得的在機械時光中微笑的機會
太專注了，以致於夢境裡外的交通
都凝固了

但我們耗盡整個下午
站在不同的騎樓下叫喊著
費力地講完一句
又更費力地辨認對方的質疑
還沒說清楚呢，浪漫的時效就過去了
而那座地下電臺

就一直擱淺在我們始終未通過的
愛情條約之外

2001.4.10

花園

再次我們漫步於
時間和歌聲拉鋸的迴廊
盆栽們都靜止了
夏天從欄杆擴散出去
蒙塵的葉片，不曾改變它的呼吸
我的心裡存在著
一些被修剪過的枝椏

園丁老去了
生鏽的剪刀還帶著草腥
花朵卻如亢奮的紅血球不斷增殖
向世界展示某種
爛熟且等待被慾望的體質

而我們拖曳著影子
繞行於花園沒有界限的石板路
試圖回憶更年輕時候
支持著激昂論辯的
隱約的愛

2000.5.29

沉默但仍然充滿聲響

以石子沉沒於江心的快感
我們的見面充滿慾望
雲夢大澤沉我又載我，魚骨和浮沫
盛行的季節，金箔在每個手勢中飛散
洋溢著美學與直覺的口水我們相濡
以詩，我幾乎要懷疑自己是
楚地的香草和異禽了
或者就是巫咸，我們以礦石塗彩的面孔
搖晃文字的旄尾，劇烈舞蹈而且

挪移結冰的象徵大系
只有幻境來的人可以破解的暗語
季風帶近在咫尺而形與聲
的蝸篆從我們，我們不願瀆職的手指
源源不斷地向雨水佔據的平蕪反動
時間來了不是嗎
以迷戀和放棄的複調，詩
和嫉妒雙軌行進當儀式高速往末日前進

2000.6.8

逆雨

墨水沿手指上升
字們懸垂在鉛筆尖端
翻開書本，年輪一圈圈氾濫開來
所有離去的時間又回到眼前

那是我們顛倒的雨季
雲塊層積於足下
飛散的意象啊像折斷的天梯
神祇跌落，變成詩人

不完整的天圖
銀河傾盆而上

你如何命名那些姿態?
豐隆的愛容易蒂落
我們都太飽滿了,但是我們要反抗
在大灰塵中逆旅
在引力下迴身

宛如招魂符咒
所有離去的人又回到眼前
我以為我在追尋著什麼
朽木中剝芽的思想,或者是

散步於落葉紛紛的寺院
與蟬聲一同寂遁
我雨季的愛人啊，我們擁有
是可以和整個宇宙抗衡的
悖反的勇氣

2000.11.9

蜜比血甜

拉開你腰間的抽屜
看見自己微笑著的右掌
靜靜地像預備展覽的
一樁古老遺跡
那是春天剛剛綻放的時刻
被你摘走的一朵花
掌紋中央握著心臟
我們已經忘記是誰進入了

誰的房間，誰又劫取了
全部的鮮血去塗抹
整片圖書館的牆

當我們轉世了無數次
穿梭於變形浮動的城市內
戴著面具、背著氧氣筒、牽著
一隻偽裝成寵物的詩集
參觀那些腐朽的藏書
是否也感到強大的甜蜜
從空白的胸膛不斷爬上唇邊

你曾經為我寫下的革命史

在不同的政權下被禁止，又被解放
唯有在同樣憂鬱難抑的靈魂前
才能掙脫紙張和文字
還原為金色的藤蔓
啊，每個魔術師都傳頌著你的密語
「永遠假裝自己不曾寫過任何一首詩。」

紅色的牆將會坍方
我們的脈搏卻可以輪迴
體驗各種死亡
在額頭內種植麝香的基因
酣醉，激情，比任何一名游擊領袖
都更接近天國的繩梯

我們將學習通靈、隱身和解夢
保持著愛情的共產
把全部資本繳給幻想的神
換取飢餓以及平等
在焚詩自保的民主時代裡
固執地犯法

書寫，遊行，穿越荊棘林
去拜訪消逝的太陽
詩裡的天空暗得特別快
久違的愛人啊，你可還記得
返回戰地與床褥的路徑？

2001.3.19

定焦的海

多年前你愛過的那人
戴上墨鏡告訴你是啊他的
眼睛早遺失在起程的海岸線

他與你莊重地握手
他靠近且輕觸著你照了相
表格式的溫柔
流暢得像資深官僚

而你就順從於烈日的統治
自己抽出影子的線頭
讓啟程時早就毀損的船隻
能夠一點一點的
被拉回定焦之前的那片礫原

2000.6.9

雨中長巷

我背著橘色 Jansport 如背著一顆
不寐的太陽，將近午夜
穿越雨中的長巷
總是在巷口會遭遇倏然轉彎過來的車燈
像一種粗暴的質詢，一種打斷
就這樣讓剛剛才降臨的神受驚了

如何在人群中辨識
愛情的蹤跡？千萬個背影裡

我們衣如常人，步伐謹慎深怕迷路
但只有我們是彼此的太陽
在話語和閱讀中持續膨脹
夢中是從不謝幕的正午
還沒有天亮呢，這捲曲在手指上的
電話線就已經被我們灼傷了

「比如鑰匙」，你的聲音裡彷彿
也帶著趕路後的微汗。
「比如鑰匙突然找到了唯一的鎖孔。比如
詩人突然聽見了死亡的雨陣」
麻雀與枯葉一同落下
從書頁裡抬頭，烏雲環繞於彼

形上的街頭，漂浮的建築與招牌
筆下寫的沒有人能認得
唯有我們，通曉
每一滴雨點敲擊著怎樣的讖言

也許曾經造訪天國的河岸
白芒花句讀著水聲
一千兩百歲的魂魄可以穿越詛咒
卻還不能穿越美的誘惑
也許曾經是天使
在冬季裡把翅膀燒了取暖
因此終於看清楚了
霧中愛人的面孔

我們的身體多麼富於感受，多麼沉重
卻終於掌握了怎樣在
隱形火焰中置換性別

我曾經是女人
如黃昏中鶺鴒涉於淺水
細石磊磊，精準地啄開長長的等待
在痛悔和愛悅中飽食
我也曾經是男人
行走於第二個創世紀前夕
荒敗的礫原，鏽蝕的樹
你是夢中的斧痕在責起的肩背
悄悄地疼痛

我曾經是孩童
沿路攀下銳利的草葉
被割傷了也還能靈巧地折成
各種昆蟲點綴你流浪的眼神
我曾經是遙遠的母親
你最初的窗戶，永恆的敬慕
整個世界都從我的胸膛中向你展開

年老的門緊閉
年輕的牆寫滿了標語
作為祕密的超現實鑄劍者
我們的鮮血，只奉獻給一個過程
複雜，粗獷，僅僅迎著光

就有無數幻象的招式
凝結於眾神與眾獸之眼
我們何曾需要他人來解鎖呢
此身即是經卷
在灩瀲的意象及其震幅中
就地便能坐化

長巷幽靜如斯，聽你的聲音
墜下，旋又彈起
跟著盛大的詩句
一起淋濕了整個世界

2001.4.23

當我們艱難地穿越冬季

雪落下來了
恰恰在松針上翻過觔斗
我們掌心裡承受的
是綠色的寒意

長統雪鞋底全是泥塊
即使已經小心翼翼地避開
記憶與不滿的乾沼澤。
我們是不到海邊去的

波浪都凝結了
碼頭封閉直到鳥群歸來
這有限而無盡意的空間啊
只剩下眼神迴旋著

美是一種打擊嗎
面對面，從彼此冰冷的手指
抽出從未寄出的信件
我看見自己在紙上發亮
但也僅僅就在你拘謹的勾勒間；
即使那麼多的意象
把胸膛都壓傷了

那是怎樣的年歲啊
當我們奮力寫詩，不確定
自己是少年還是一匹
幼稚的人馬
那從樹林裡延伸到體內的
可是幻想的鬃毛？
愛以美的姿態降臨
我們發楞，震懾，忘記馳騁的本能
讓厚厚的詩稿散落
旋即被嚴冬暴雪掩蓋了
雪在腐爛。氣溫

回升的時刻
是否，我們應該擁抱著
等待靈魂的蒸發？

2001.5.4

少女維特

屠宰的本事

白癡

黑夜來了
城門紛紛關上
所有的人開始穴居
用一根削尖的木棒挑剔著火
彷彿他就是某種主義
替整個世界清算帳目

有一些館子營業得晚
杯子們不顧酒精的道德

朝著鐘面咆哮
就好像電視上的摔角比賽
從來沒有人上場
只有血和觀眾不斷拉鋸

有人詢問時間的特徵
比如活體屠宰後洗淨的刀子掛在牆上
過了馬路後砍倒紅綠燈
在動物園裡奪取動物的欄杆
我覺得相當感慨：
「時間，其實是非常政治的。」

是啊黑夜來了

我們不習慣沒有宵禁的日子
紀念日不必穿著運動衣排成國旗圖案
升旗到一半就可以散會
大家都攜帶了專屬的博愛座
隨時在情感中插隊

戴著白手套走過廣場
沒有誰會歧視你
自由使每一雙眼睛都變瞎
黎明之前，發現思想的坦克又開錯方向
戰爭總是卡在單行道裡
愛拉開了你和生活的距離

樹木隔著大氣仰望天空
所謂計劃，所謂執行，所謂種種創意
就像霓虹改變發亮順序
那樣的必要與嚴肅

雨傘掉了手柄
搭電梯沒有按鈕
買鞋子不知道腳的尺寸
想回家但忘記房門的位置
剪完頭髮一併帶走設計師的手
做愛的時候弄濕了保險套要更換
孩子要出生了，父親卻躍入夢的河流
要求一點瘋狂的庇護

最痛的時候
我們也守口如瓶
不透露任何一絲絲
遺失的知識

2000.9.9

饗宴

費力攪拌一夜雨水
舌頭開始分岔
也不過就是上一個畫面裡
我繁衍了無數意象
抵擋時光的定格

樹比翅膀更不可信任
在葉子與大氣之間
滋長聲音的獠牙

沒有簽名的抗議信在桌上
我摘下海岸作圍巾
平靜地親吻
快要甦醒的刀刃
一端向光，一端向
泥濘的動物園
我的味蕾足夠負載
數次方的憂鬱
穿過甬道，猿猴們激動地
拍打牠們酷似人類的
頭蓋骨

馬車正在融化

我必須以更緩慢的速度
等待一個充滿南瓜與老鼠的樂園

2000.1.10

我們從這裡失蹤

以意逆志
十足的黑暗伴隨著
草率寫完結局後扔掉的
筆頭，如過飽的墨水向外彈出
瞬間就黏附在
我的背脊
如何以同樣濃度的
恨意書寫你路過的姿態？

光孕育空間
空間又攀附著影子
我曾經投身荊棘
所以畏懼
那不斷迸散開來的真實

真實總是以污點的樣貌出現

結局裡，草原被腳印丟棄
主角們相互道別，射殺，喊叫

一個再典型不過的愛情事件
所有的名字羅列於天氣裡
又被季節忘記

你說你是仁慈的嗎
微笑裡有罌粟的基因
我低頭看見自己的臟腑宛如
點燃的菸，細緻
但是嗆鼻

鎮定地拍落灰燼
我讓魂魄騰空，讓肉身
從通道中央消逝
窗戶關上了
所有的書頁，頭髮，乃至於
無聲龜裂的角落
都靜止

污點不會痊癒
可是它已經被屏除於記憶外
如果有人指責：衣服上有墨漬
我們會齊聲否認

2000.9.21

在卮言的腹地裡

沿著螺旋形樓梯
聲音逐漸擴散以尋找最後的岸
喀喀，鞋子敲擊屈膝的門
世界被反鎖
我們總是從縫隙裡
偷渡形上的光
沒有風而且沒有植物
人們在陰影裡撿拾彈珠

聽到髒話時用別人的表情擤鼻涕
每天到教堂看電視
禮拜時傳遞夢的價目表

於是我們只能躲在鐘塔
讓時間包裹靈魂
投遞到虛無的監獄
獄卒沒有臉，只是捧著某些猥褻的字句
和同伴玩塔羅牌
卜算黑暗降臨的時限

喀喀，我們的房間開始下雨
打好領結的烏鴉列隊飛過

牆似乎越來越高
而且長出陽具
意圖使每一顆頭顱受孕

2000.1.13

大街

撐著紅色大傘
提起整座天空走過十字路口
高樓彎曲，電線鬆了弦
我們疲憊的城市
像一條滑出購物袋的魚

老鼠列隊遊行
爭取偷竊與肥胖的權利

啊為何我們不能
脫掉厚重紋身
釋放意識洞穴裡的蛇族

大街上聲音嘈切
每扇窗戶都想歌唱
鴿子不再向觀光客獻媚
穀粒們徘徊於廣場

我決定擴大孤獨的存在

搬動巨大陰影
任月光從詩裡穿透肋骨

膏之下肓之上
我的瘋狂擁有絕對的居所

蛇族將分解那尾疲憊的魚
死亡的點在時光裡屢次遷移
地震帶藏匿於腦中
沙漠佔領一切
讓法律沿街托缽

惡的任務
在於給思想翅膀
虛構比現實更接近真理

捲起大街風景
學習屠宰的本事

1999.12.4

可疑之處

女子們停靠於渡口
絮聒一整夜窺視的成果
彷彿剛剛殺價得逞的主婦
夏天還沒過完
果肉已經腐敗

她們自豪地說
「你能划行過知識並且不留痕跡嗎？」
吐掉輕巧剔出的西瓜子

她們從不胃痛
在困居的城市裡日行千里
美麗的舌頭異常發達

每每經過市場
注視小販嫻熟剖切食物
而不禁悚然

食物緘默，從刀口滲出汁液
我深信它在儀式中無比歡愉
與被窺視者同出一系
女子們所乘坐充滿馬戲趣味的船隻
總讓衣飾不整的我

感到羞赧

盆地籠罩於黃昏
她們又鼓動著語言的彈簧
啟程到下一個渡口
我站在遠處高地目送
仍舊無法避開
被夕陽拉長的影子
狠狠鞭笞

1999.11.29

雷聲的午後

雨抽穗的時候我
正從雷聲的撫摸中掙脱
龐大的憂鬱艦隊航行於海
藍色氣團盤據
一隻紫嘯鶇從窗前飛過

我看見知識的陣營飄著不同顏色旗幟
低音提琴和擴音器的慶典
跛足的思維在城牆裡學飛

「氣溫持續下降……」
電視上你笑容可掬地宣布

天空的脂肪離我們如此之近
大雨以穀粒的姿態淹沒飢餓的農人

而城市在黑暗中垂首
高樓和焚化爐的影子連綿前進
你又習慣性地捲了菸葉
點起火，深深吸入，宛若窒息的
病人，瞇起眼感覺臟腑的細微抽動
最後的先知也許是死於孤獨。

你說。舌尖微焦在半啟的唇間閃現

這世界依舊疲累如斯
煙火不斷下墜，聲音不斷受阻
寂寞的命題被研討直至真空

2000.6.8

持續擴張

走出地下道看見
整座緊閉的城市緊繃著肉身
街燈還有倦容，櫥窗都在睡眠
我是一隻落籍不慎的大卷尾
掩藏羽毛下縮影的山水
裁下高樓一角，卡卡，剪刀拖曳出
一絲絲深藍的迴光

河流長出腿足

我可以在漩渦中讀出粒子
旗幟飄蕩，切割灰色的動線
企圖分辨那些閃爍的星點
和意義不斷擦身
試過了一千零一雙鞋子
城市不曾找到真正柔軟貼身的棺槨

風來的時候我也想
從沙沙的葉群間隙抓取脈搏
景色晃動了，挖礦的人啊你是否
打開了左心室的窗戶

天空跌墜於十字路口
雲朵如洪荒中的雷獸朝文字遷移

消逝的，何止是冷卻與奔騰的潛力
還有化雪為光，在大寒中
期待冰陸南移的勇氣

我們的心從不害怕滅絕
只是焦躁地凝視
隧道中持續擴張的緘默與噪音

2000.2.4

深僻之處

身體變成杯盞
盛滿黃昏的結晶
我聽見鐘聲驅趕雲彩
湧向我們無法到達的深豁

書擲地而碎才領悟
知識的堅硬。語言開始虛弱
才了解禁欲的必要
你還扛著滿屋子的銀河
準備搭上光陰的最末班車

追蹤啊上個璀璨時代的去處
而我把自己一飲而盡
無視於落日的告誡

但你頹然地回來了
膠捲裡盡是大曝的強光

當地平線從眼前
像遠方退後，終至消失
我們像被截足的病人一樣萎頓
除了來來去去的問辯
大地上沒有任何一點煙霧

2000.6.11

少女
維特

島與半島

放逐者

雜雨叢生
在世界的牆壁
從裂縫中側身閃入我
為你留下的房間

這裡留存著上個世紀的打字機
發黃一疊舊紙，未加蓋
乾涸了的墨水筆
你像齊瓦哥醫生回到

冰雪的豪邸
逡巡舊日產業
仰視柱頭天使翼尖上
最後的黃金

你的鬚髮仍粘附著星雲
你的旅程永遠在折回
因為眷戀著昔日，因為——

凡是美景便應該
消逝，曾在絹花窗簾後面窺伺過的
豐腴婦人，夢中獨角馬以蹄碰觸的剎那
航行中目睹過便告失蹤的

海神擲向半空之巨叉
你將如同宇宙遊子回到我身邊
在此鑑賞
過時的良辰

2006.7.13
2006.8 《野葡萄》雜誌

秋興

當蟬開始平靜，於枝椏處
窺伺這微鏞的人間
我已經決心捨棄所有
先進的溝通方式

夙昔的愛人哪，我知道你還古老地
恪守著參商的規範
不願徘徊成為夜半餘響
不願生為瓶花，被鑑賞而凋謝

我將遵守你的心願
永遠只造訪從前的你
因為所有新增電郵
辛勞手寫的信件、映畫密碼
或精心安排之重逢
均可能被攔截，擱置，乃至萎落……

在此被一切詩人覬覦過的季節裡
異地我們各自憑窗
看月亮又被時間射殺
而其血玄黃

2006.10.16

2006.12.26 《聯合報．聯合副刊》

塡海

從機艙望出去
雲和天色的交界
還滲透著一點日間餘焰
長長的，不變的窗景
使我錯以為
已被拘留於時間的夾層

機場那通電話
掛斷的聲音仍久久
碰在我胸坎，像有人

重複地開關心室的燈
按鍵的感覺仍留在指尖
冷而斷續，像聽著一張
刮傷的唱盤

你已習慣在我湧向你的時候
舀一瓢沙給我。
這刺痛並非毫無回報
許多年後，我的海中也有
你填造的一塊地，足夠建造
夢中重會的天星碼頭

2007.5.10　澳門飛北京的飛機上寫
2007.6.13　《聯合報・聯合副刊》

冰島

帶著你留下的地圖
沿古航線
越過七十七支沉底鐵錨
來到陳年的雪岸

這裡是白熊和海象擱淺，遠處
洞穴裡散置著
上一隊探險家的骸骨
背包，指南針，和書本……

有時候乳獸們亦在此遊樂

雪是鹹的嗎
那海水切膚曾如愛情
浸滲在夢境的粗粒子間
冰得像痛，退潮了像是
訣別，風吹過來，一吋吋乾涸
是追憶

2008.01.10 作
2008.01.12 改
2008.02.19 《聯合報．聯合副刊》

寒陸一日

你曾踏過比我
更深的雪，黑林中
為一種倏然的大沈默擋住了
去路。遠處是狼群的低訕麼？
揣著書包，未戴毛線套的手指
摸索著書本稜角。你想
你確實不害怕

有時你也問自己

跋涉與忍耐的意義
你猜這些都不在別人
青春的辭典裡。空氣中
甚麼撞開了雪花？
是鐘聲嗎？
左腳復陷入雪層的下一秒鐘
你比較篤定了：教堂肯定
比狼群要近一些

太冷了。
指尖撫摸過書上
字們也顫抖起來了
那些，哦，毫無防備的詩行

比鴻鳥更杳然的回憶
比積雪上的反光
更強的傷心——閉起眼，
臉上顫抖著好像
無言地就要寫下甚麼

回家時你走了黑林另一側
繞過不知道誰的一輛紅汽車
晚鐘敲響在背後
高處，一片僅存的葉子
應和著，落下來……
多少年來，青春就這樣

轔轔地開過去了
留下雪地裡長長兩條半污的痕跡

2008.01.30 作
2008.01.30 一改

核心

陣亡的燈泡
脫了膠的海報
我背靠著一面牆
藍色的牆，海浪那樣
永恆且重複
遠遠是鴿哨溜過鐵皮屋頂
早來的月光太涼
貓們抖擻著
都醒了

是牆太薄的關係罷
總聽見隔鄰電話，一聲接著
一聲，鞭子一樣打傷這世界的背脊
風來到這裡總是顛簸著
然後，繼續推散
回湧的時光如雲水

卻還是記得一些小事。
走前關燈，睡前摘下眼鏡
丟棄前斟酌分類
一天又過去了
只有那時候你倉促走遠的身影
年深月久，如一枚甲蟲

落入花瓣中央
而耿耿於懷

2008.03.17 作
2008.03.19 一改
2008.03.25 二改
2008.06.07 《字花》第十四期

囚徒

隔著黑纏花鐵捲葉
一切變得更遠了。我猜想
這世界不只一道欄杆
雨季裡有悲哀至透明的欄杆
分別的時候
手指交握過又分開
小小的，就變成欄杆
豎立在心上

固定我仍搭車至路口
左轉，陸橋迴轉道旁邊下來
闖過一個無車的紅燈
學童們喧叫著
幾棵深綠盾柱木
都開花了

花們在高高的枝椏上
像手指，指向最遙遠遙遠的
那種美麗，像藏在
衣櫥深處再也找不到的
你留下來的紙條
可是，我還寫詩，為那樣這樣

一行兩行地苦惱著
一行兩行地，延長著
我和你之間的欄杆

我應視你為陌生人
從你身邊奪走我自己

2008.04.19　作
2008.04.22　一改
2008.04.26　二改
2008.06.04　《中國時報・人間副刊》

少女
維特

寂然地
交談著

春初臨帖——攀汐止大尖山逢一小蛇

無木魅，且無山鬼
在這依傍著市井的峰林中
即使聽見聲響
也以為就是小瀑刮過稜線
鳥低飛而與新葉
糾纏

突然你來了，無預警地
從睡眠的冬穴中醒覺

探出額頭，於青青大斜岩一角
壓平了幾顆才灑下的日光
穿池鬚枝與綴玉之間
虛筆與實筆，逆鋒與順鋒
寫不完的一幅
山人法帖

土微潤，大蟻傾巢出，山櫻墜如粉淚
這是換季的陣仗嗎
你大趾寬的身軀，米色細鱗緊密排列
極力延展，延展，且昂首
吐出舌尖，舔舐著空氣中

花信與暖意

野餐完畢，拍掉鞋上砂土
跨過欄路橫生的野藤，向下一處瀑布去
看你專心練字已半個小時
如此幽靜，不預備打擾任何人地
臨摹著春天

2007.02.08　完成
2007.02.16　《中國時報・人間副刊》

越臺八八線訪霧臺

二月，在大島南方
竟悶熱一如初夏了
我們思索著往高地去
去追蹤那節節敗退
冬天的行伍

路經幾處小型市鎮
新貼磁磚透天厝或棄置
草地一角的貨櫃屋

電報條上農地脫售紅招貼或
噴漆越南新娘諮詢電話
不上工的男人們
未到中午就已聚入廟埕泡茶吸菸
公路上，它們是鑲嵌在檳榔樹叢中
一個一個灰色的夢

路更陡了，大傾斜岩壁在手邊
我們已身在群山
被翻青浪，日頭高照
是不吐香的金猊
坡峰上大塊移動著
雲陸的地圖

為新栽的聖誕紅、變葉木和黃脈莿桐
所包圍的魯凱部落
遊客們開長長的公路來
下車湧向吃食與紀念品
石版屋前幼小的深膚的孩子
把玩著塑膠手槍，砰，砰砰，
只有一頭野犬豎起耳朵
然後又懶散地伏下了

霧臺今年好清晰
但這也是無妨的
沒有人詢問霧的行蹤
沒有人丈量山與雲的距離

沒能趕上冬天，我們擦著汗
望著枯涸的瀑布發楞
黃黑色水泥護欄上
一尾蜥蜴平目，靜止，
帶著索然的神氣

2007.02.19　完成

2007.03.12　《中國時報．人間副刊》

早晨花蓮走海岸

啤酒沫
玻璃綠
晃動啊大魚們的夢
冒出透明的醉意

在浪所常及處
為時間燒磨過的舍利
望過去滿地拓印著光影如碑梵
浪所不及處，枯木，乾藻，已逝世的
一支酒瓶，瓶首在這裡，瓶身

斜插在那裡。
至於眼前，清晨波浪湧
來並且漸褪漸小的曲線上
一頭黃犬，興致極好地
追逐那曲線，搖著尾巴應和
蓬鬆的浪聲

然而，大魚們並不知道
海灘的事。偶然自海底抬起眼皮，仰望
船艦底部行過，且恍然大悟：
那興許就是叫做雲的東西罷？

2007.11.03　太平洋詩歌節早晨走七星潭後作

2008.02.14　《中國時報・人間副刊》

苦冬淡水

雲層與陽臺等高
是遠古那名女神
從天涯
俯身，垂散與時間同樣
冰涼的髮絲，沾濡一片海角

岸邊，舢舨無人的
迴旋曲，船索浸在泥水中
拖沓的一個問句。

磯鷸也避雨去了嗎？
隔著玻璃，已收束的陽傘
天線，黯然之招牌與夫
黃槿樹，鐵皮屋頂縱橫
補綴的世界
之外

只有潮蟹們蹙蹙在泥上畫出
字跡，和女神
寂然地交談著

2008.02.03　有河 book 書店玻璃詩

旱季

站在陸島上且翹首
迎著工業城的風，哦，砂礪過
而粗糙起來的呼吸
等待一輛永遠
脫班的公車

「欲坐新起好的捷運麼？」
母親投來熱烈的語氣。
嬾散地，然而，懷戀著昔日

顛簸前行的感覺——
放學偶爾有位置坐
額角嗑著玻璃窗，喀拉喀拉拉
兵工場牆頭鐵蒺藜
煙囪高低撐起
天幕

無有冬季
從不穿大衣過年
向來得意於自己一身
純夏筋骨
哦，家鄉的鍛鍊
如今你已經是母親當年

來到此地的年紀了

過大橋時
望到河床最遠最遠那一端
雨季過去好久了
橋下，全是走了神的
禿兀的眼睛

2008.03.27 作

2008.07.01 《自由時報．自由副刊》

太虛幻境

夜中馳去
在夢中，潛望那頭白鹿
靜靜
啃齧銀河畔的蘆葦
蘆葦後面，掩映
女神的沐浴

唯一的凡人，在此

我比草木砂塵
更沒有道行
所以心悸，所以
不知所措地度量著自己
在神話中的位置
期待一樁
可供後人翫讀的韻事

女神已一吋吋溶進河水
來不及了嗎——忽然，
時間翻了頁
白鹿
過隙

驚夢。好像我就是那名
悵惘的書生
提筆，蘸著夜色，遲遲未著
不知道該把彩箋傳向何處

2008.01.12 作
2008.04.12 《聯合報．聯合副刊》

Perugia 古城午夜

狹路中一盞舊燈
抬頭，剛好看見中世紀高高的
拱窗裡，紅襯衫女孩臨窗
梳理一頭深色長髮——那神情
是不分時代的

噴泉已經打烊，天使
只遺留下祂們青銅的衣服；
斜坡路帳篷下用餐的

華服的人們，伸手護著襟上花朵，
圍攏瞬逝將滅的燭火。

幾個醉漢搭著肩走過
偶爾，深眠的
鴿子會發出一點夢囈
好像是霧們在黑暗中也走得
踉蹌

老磚牆上
深埋著高矮不一的門
偶爾也揣想
幾百年前，這一扇走出來是

豐腴，與主人私通的洗衣婦
那一扇走出來是
彩帽尖靴
趕赴節慶的侏儒

2008.01.15 作
2008.05 《聯合文學》5月號

約會

那時我有焦灼的步伐
鞋跟敲擊如鳥喙之交啄
路過鍾愛的書店而無暇進入因為
遠遠見你
向約定的咖啡館門口走來
或許是樹影使我以為悸動
壓低了陽傘
假裝旁騖

即使終於是對坐
你長長的腿橫過桌底
略有一點動作我就碰著你
好像全世界都是你
被籠罩的快樂

其實我並非一個愛
隨意變換話題的人
我只是太在意你的雙眼皮
明朗地摺向
無法抵達的深處

街口相互道別

晚燕兩隻，擺動著翦尾相對
立於電線上俯視
我與你，或者
我對你，遲疑的距離

當然我妒嫉你
那均勻離開的腳步不像
我總是在決心
之餘又回頭想起那些
惆悵的念頭

2006.05.26

2006.07.13《中國時報·人間副刊》

一般生活

他體內有毛線
他體內有敗絮
他不慎把壓舌棒吞了下去
他剛剛被踩過
他是舊的
他的臉濕潤糾結
如剛剛被貓吐出
他拆過別人的牆

他封死過自己的窗戶
無人時刻，對著鏡子表演
如何快速拆卸假眼
樓梯上他總是踩空
總是妨礙發電

他定時清理沙發底下
毫不意外地撿到左腳拖鞋與
扳手
鎮定地鎖好
最靠近心臟的那顆螺帽

2008.08.16 完成

——刊於香港《月台》雜誌第十六期

我將代替
你流血

在一個晴朗的週末

在一個晴朗的週末
深坐廊廡
假裝一名旁觀者，看日光
淹沒那些快樂的人們
這堅實的一切正在融化
像孩童手指上的冰淇淋
甜膩，骯髒

在一個晴朗的週末

撕掉寫錯的一頁
還有那麼多雪白的下一頁
必得要寫……
你還不夠膽量離開
被指定的那個位置

在一個晴朗的週末
你幻想自己可以是純白中
浮出來的一個灰點
你幻想樹葉們沙沙
風中輾轉是受苦的心
沿蛛絲往上爬
把靈魂寄託給一朵花

啊不能重來盼望重來的
如無數鴉翅驟然破胸竄出

你凝視著那個傷口
你變成那個傷口

2008.04.26

夢寐廿四行

雨想說甚麼
小地震想說甚麼
遺失的書，不足以蔽體的傘
風中折斷莖葉
雀鴉撩亂
被破碎被忽略的屋瓦們
我想對你說甚麼
就僅僅是探詢著你

十指蕩漾一如
秋綠微涼
假裝那共枕只是隔宿
猶醉，被吹落在一起的
兩張樹葉。假裝
這緊靠著的不是你
與我，只是
水鳥與曲折岸

睡眠的鳥
將對岸說甚麼呢
啊簷下，雨們正疲憊地
次第道別……

黎明了你將從我懷中離去
拋擲時間與玩具
像年幼的
驕傲的美神

2008.06.03-06　作
2008.06.06　一改
2008.06.07　二改
2008.07.17　《中國時報・人間副刊》

細雪

細雪下午四點
沿街是淡綠剪碎了的悲哀
那一排路燈，那一架掛住已經
十年的電影看板上
一心一意梳著當年髮式
遠望而被高樓群擋下
春花夢裡的女人們
那時妳還留在座位，露天

綻放妳的鋒芒
整理好斷翅
與棘冠
如神殿簷下的雕像
一心一意蔑視著
從這世界不斷被抽換的
人群的布景

而我緊握此生的票券
追尋來到此處
像一名不滿，且窮途的青年
目睹妳終於厭倦那位置
起身，將棘冠轉贈予我

解除可畏之宿命
崩化為細雪，魔術般
吹散在高樓群外

從此我將代替妳流血
代替妳，在這荒蕪啊時間的
大拱廊內，遠望如看板上的女人
蔑視這已經
沒有妳的世界

2008.06.19-2008.06.22 作
2008.06.22 一改
2008.06.23 二改
2008.10.02 《自由時報・自由副刊》

無題

……也嘗試面對真實的自我，然而這自我比每一件荷李活道的菩薩頭都沉重，還不知它究竟是在嘲笑你還是安慰你。

——游靜〈半透明人〉，《今天》第77期「香港十年」專輯

把自己晾掛欄杆外
像時間忘了收進來的
一件舊衣
我將有虛擬的肩膀
我將有空洞的心胸

你可以是風
是明日來的幽靈
穿上我又還給我
你也可以是歡喧的雨季
佔領我然後
留下我

有時候我也可以輕易
折斷你，讓你成為這夏日的
篝火的一部份
也可以淡漠，像雪
無聲落下如伏兵
踐踏最後的顏色

更多時候
我卻允許你
將我擠仄在這孤獨的
鬧市的陽臺，讓我不認得自己
像一座瀝乾了只剩下鹽分
昨天的海洋
像一本錯印的書
交付給目盲的圖書館員

2008.06.27-28

異端

在黑暗中我穿越妳
不能辨認這是隧道抑或
草原，草原上我將握住的
是荊棘叢抑或一隻
傷心，拒飛的鳥

我將向虛空寒暄
好像妳真的在妳自己裡面
有生之年，能夠步行得到的
距離；我將聽見反響

啊愛的亡靈命運的亡靈
宇宙防空壕裡
推擠著，訕笑著……

今夜，如果在黑暗中
當真聞到了一點腥氣
也許是時間正割刈著我們的草原
也許就是我或妳
代替對方
流了血

2008.09.19-20 作
2008.07.20 一改
2008.07.21 二改

2008.10.03 《聯合報・聯合副刊》

天使，倘若你已決定拋棄我

衣服是別人的
陽臺是別人的
擺放在那裡的梯子
粗手感的離島明信片
有時候我害怕
終於我們只能在別人
夢裡的圖書館度過
約定的冬日

度過每一天像是
又仔細地在樹林裡挖了一個洞
雖然，總有那麼幾分鐘
迎著太陽站在青田街
我會盆栽那樣
有不思索的快樂

看激情的書
見幾個要被吹走的人
準備一趟其實
不比你漂亮的旅程
把說要帶你去的地方
多去幾次，彷彿替你去過了

這世界變成雙倍
遼闊得像電影

禮物都準備好了
節慶計畫
不同顏色標示的課表
下下一本書……
現在讓我們一一刺破氣球
讓我們解散房間，果決
如午夜路燈周圍
粉碎飛散的黑天使們

題目取自楊牧〈致天使〉（《時光命題》）中的一句

2008.08.03

今夜

甚麼都說了
甚麼都沒有說
燈光打亮了
影子們卻圍攏過來
而一場雪不慎降落在夢裡
無聲地刪節著
剛剛拍完的電影
一切都一覽無遺

一切都被遮蔽
被害者與加害者
不怎麼激烈的巷戰
總有一方認輸，睡去，
總有一方仍醒著
醒在另一本書的另一頁

讓水切割著懼溺者的臉
讓火焰充實這些
焦渴的木柴
讓花朵直接落下
如被彈子打擊了胸膛的鳥

讓井匱乏
讓沙子成長

2008.12.26　凌晨

愛

沿途妳曾愛一朵花那樣的
愛我，紀念一個
春天那樣的
攀折我
妳曾睡在我頭髮裡
隨我轉動，
下墜，好像在深
不見底之處
埋藏著前世留下的沉船

鏤刻著被遺忘了名姓的
金箔的客艙門牌

一朵花被愛
可以怎樣回報
假如凋萎是她唯一
能做的夢
春天是注定被取代的
頭髮莫不就是思想的
雜草，愛慕著也就是風
可以無根，無盡地
拿出自己
可是風是要告別的

思想是要生長
要被剪去的。

至於宇宙傾瀉下來
是海，被動地
重複那黑色
在吞噬一切的本能裡
幻想著被吞噬
它身體裡住著許多張
為死亡揑塑過的臉
多少年來覆誦著
桅杆的韻律，目睹
珠寶們散出為魚眼

平凡的自由

假如春天可以是一個房間
打開了可以看見，關上了
仍可以夢見
假如，啊，海可以
決定它自己的心
記住那張被吞噬
可是快樂的臉

假如我能像一朵花那樣的愛妳

2008.12.20　完成
2009.02　《幼獅文藝》2月號

你知道這不是最後的等待

剪頭髮。剪指甲。
剪掉線頭和毛球。
剪開那封信。剪碎那一束花。
在黑房間裡剪出自己
燭焰描出的輪廓
讓愛人來吹滅
再一次剪出一個自己
更小一些

更小
不要驚醒蠟燭
不要驚醒愛人的剪刀
不要以為
可以空降占領陽臺
不要以為進了愛人的廚房
就不會成為污漬

愛人蓋著時間的棉被
他撫摸著你像撫摸
一支功能確認無誤的新手機
但是他關掉你，他躲進棉被，
他和一個剛剛錯過的星體無線電通話

他愛你，照顧你，
他怕你無聊
他讓你穿著他的衣服，讓你
一個人扮演你和他

睡醒了愛人呼喚你
他已經準備好剪刀
新的一天，有沒有甚麼是多餘的——
一個如此清潔俐落的人。
你懷抱著他，聽他說昨晚的夢，
他剪掉截角，為了順利把你倒出來，
再把別人剪進自己的夢裡。
他是懷舊的，他是良善的，

他替每一條路清除路障
他喜歡在別人的房間裡
剪破你的胸口
他想幫助你清理蕪穢的內在
他的願望是世界大同
他要你也乖乖的
一起等待神蹟

你知道這不是最後的等待
你將開始自我檢查嗎
「你不會有東西可以剪的。」
你已經剩下最小
最小

如此地對抗著
愛人的潔癖與德行

2009.04.02-3
2009《幼獅文藝》5月號

鎭魂詩

不要靠近牆
它在抄寫我們的臉
不要走過樹下
它會糾纏我們的鞋履
不要相信雨季，啊那些透明
單調的小石在額頭上
擊出許多凹痕

水面下一切都平等

且平靜
也許我們交換手足，眼睛，
將頭髮編纏在一起如同連體嬰
或者你將生出背鱗
我將發現耳邊有腮
在漂忽，逐流的時刻裡
醒著也等於睡著

睡著了以後夢見醒來
死去以後仍瞻望雲的步伐
把房子蓋在最遠的岸
燈光瞬逝，椅腳折斷陷落
書倒立而園圃

開始種植自己
瓦盆尚未退霜，鐵鏟有痂，
蟲豸如時間貼面而飛
瑣碎，且搔癢

有時候也聽見諸神翻身微響
當我們終於試著遺忘，啊攤開
如一張虛無的紙
擦過如炭的宇宙
大星升高如軍樂手小喇叭上的輝光
當那久遠一觸，真久遠如
一則肯定的箴言
從寫出來到被遺忘——

那洋流總是徒勞
一張朽爛的羊皮地圖
魚骨的信物也將銷磨為末

而誰能夾躡出對方的靈魂？
當我們駕駛著單桅帆船
在不同的玻璃瓶內
你有你的手勢
我有我的火光

2009.10.15 作

2009.11 《幼獅文藝》11月號

秋日寄往邊境的信

遙想那一列階梯
階梯旁雨洗過的灰牆
灰牆外羊齒們俛仰著臉——
聽，隆隆擠壓著的
莫非就是影與罔兩
蝙蝠與牠們衍生的黑暗
自我與背對著的那個
自我

馬拉巴栗，老相思，亂梧桐，
風中翻身，瑣碎的焦灼。
就在你窗外
姑婆芋葉緣永恆的小浪
蕨們手臂上遍生金色汗毛
耐煩的夜鷺，不耐煩的溪水
那斜坡是利於散步而不利於單車
長堤外還有籃球落地，犬吠漸遠
秋霧描出邊境
銀砧上打磨著的
是你還是我的鬼魂？

無以名狀，只有放下與不放下，

強震或餘震，雨季或宵露。
這是四十分鐘的車程，
六秒鐘的手機等待，
積重難返七條簡訊，
或一個半小時推敲一封信1047個字。
這是剪片室裡猶豫的手，
午夜酒吧飄忽的細菸味。
這是強光下懸浮飛揚
灰燼，小行星，徘徊追蹤的意志

2009.11.11-12 作
2009.12.21 《聯合報・聯合副刊》

聯合文叢 494

少女維特

作　　者／楊佳嫻
發 行 人／張寶琴

總 編 輯／王聰威
叢書主編／羅珊珊
資深美編／戴榮芝
校　　對／羅珊珊　楊佳嫻

法律顧問／理律法律事務所
　　　　　陳長文律師、蔣大中律師

出 版 者／聯合文學出版社股份有限公司
地　　址／臺北市基隆路一段180號10樓
電　　話／(02)27666759轉5107
傳　　真／(02)27491208（編輯部）、27567914（業務部）
郵撥帳號／17623526 聯合文學出版社股份有限公司
登 記 證／行政院新聞局局版臺業字第6109號
網　　址／http://unitas.udngroup.com.tw
　　　　　E-mail:unitas@udngroup.com

印 刷 廠／鴻霖印刷傳媒股份有限公司
總 經 銷／聯合發行股份有限公司
地　　址／231臺北縣新店市寶橋路235巷6弄6號2樓
電　　話／(02)29178022

出版日期／2010年8月　初版
定　　價／280元

ISBN 978-957-522-892-7（平裝）

國家圖書館出版品預行編目資料

少女維特/ 楊佳嫻著. － 初版. -- 臺北市 :
聯合文學, 2010[民 99]
208 面 ;14.8x21 公分. -- (聯合文叢 ; 494)

ISBN 978-957-522-892-7 (平裝)

851.486 99015539